LES LACETS RAYÉS

TEXTE
FLORENCE DESMAZURES

IMAGES
MARYSE LAMIGEON

casterman

© Casterman 1986.

ISBN 2-203-11512-2

Dans la forêt, Ottobus se promène
avec un nouveau costume du dimanche.
Il a même des chaussures
à lacets rayés assortis !

- Tu as vu le chouette costume rayé d'Ottobus!
Et ses lacets! s'exclame Roulotte.
- Oh! J'aimerais en avoir un comme ça.
Rattrapons-le pour lui demander l'adresse
de son tailleur, ajoute Minicar.
Ils suivent Ottobus, loin derrière.

En chemin, ils rencontrent un tigre.
- Bonjour!
C'est moi le tigre-qui-s'ennuie,
dit-il en bâillant.

Je cherche un ami qui aurait
un beau costume rayé, comme moi,
pour jouer.
Pas un hippopotame triste comme vous tous.

Et il bâille de nouveau.
En voyant ses dents,
Minicar et Roulotte
reculent en chuchotant :
- Si on jouait un tour
à Ottobus ?
Ce serait bien fait pour lui.

Roulotte s'approche du tigre-qui-s'ennuie :
- On a vu passer un gros tigre
rayé comme toi.
Continue tout droit. Tu le croiseras sûrement.
Il voudra peut-être bien jouer avec toi !
Et Roulotte et Minicar se sauvent en courant.

Le tigre-qui-s'ennuie marche en bâillant.
Bientôt il rencontre Ottobus.
Avec son costume rayé du dimanche,
il le prend pour un tigre et lui dit:
- On joue à faire une course jusqu'à l'étang,
dis?
Le premier qui plonge dedans a gagné!
Ottobus a bien envie de battre le tigre
à la course.
Aussi lui dit-il:
- Attends une seconde que je fasse un noeud
bien solide à mes lacets pour ne pas tomber.

Le tigre-qui-s'ennuie s'assied
au pied d'un arbre en bâillant.
Alors Ottobus, vite, enlève son lacet rayé,
l'attache entre deux arbres, et lui dit:
- Ça y est! Un, deux, trois, partez!
Et patatras, en courant,
le tigre se prend les pieds
dans les lacets rayés
du dimanche.
Il se casse le nez!

Le tigre-qui-s'ennuie se relève en bâillant.
Ottobus arrive le premier,
enlève son costume rayé du dimanche
et pique un plongeon dans l'étang.

Alors seulement le tigre-qui-s'ennuie
reconnaît Ottobus et rit.
- Mais c'est Ottobus, l'hippopotame
qui fait d'énormes bêtises!
Ah! Tu m'as bien eu avec ton lacet rayé!
Chic! On va pouvoir jouer à faire
d'énormes bêtises ensemble! dit le tigre
qui ne bâille plus et ne s'ennuie plus du tout.

Ottobus le conduit chez Roulotte et Minicar
et leur dit: - Voici mon nouvel ami!
Soyez très gentils avec lui!
Puis il chuchote à l'oreille du tigre
un petit secret: - bzz...bzz...

Roulotte et Minicar sont si jaloux
de ne rien entendre du tout, sont si jaloux
qu'Ottobus ait un nouvel ami,
qu'avec des boîtes de peinture,
eux aussi colorient des raies sur leurs habits !